ssieux (d')

Les Graces imitation
De l'allemand
De Wieland.

1771

LES GRACES,

IMITATION DE L'ALLEMAND,

Par M. D'USSIEUX.

A LONDRES,
Et se trouve
A PARIS,
Chez FETIL, Libraire, rue des Cordeliers,
près celle de Condé, au Parnasse Italien.

M. DCC. LXXI.

LETTRE

A

MONSIEUR WIELAND.

UN Poëte qui ne seroit que galant saisiroit cette occasion, pour composer une Epître charmante, à l'honneur de la Beauté dont il seroit le Favori. Pour moi, MONSIEUR, j'immole au sentiment qui me porte à vous rendre justice, et les intérêts du coeur, et les prétentions à faire de l'esprit. Je m'empresse à publier que si l'on trouve de l'agrément à parcourir l'HISTOIRE DES GRACES, c'est à Vous qu'il en faut témoigner de la reconnoissance. Je ne suis point étonné que la belle Danaë vous ait choisi pour lui tracer le portrait de ces Déesses que vous appellez avec raison vos chères Divinités, puisque vous êtes l'un des Poëtes qu'elles inspirent.

LETTRE.

Que vous êtes heureux, MONSIEUR, ou plutôt, que nous le sommes! Il semble que, depuis près d'un siècle, les Graces aient établi leur séjour parmi vos Concitoyens et dans ma Patrie. Tandis qu'elles dirigeoient les pinceaux de Kanitz et de Kleist, elles répandoient des fleurs sur les Ecrits des Chaulieu, des La Fare, des Pavillons et des Saint-Aulaire. Madame Karsch est parmi vous, ce que fut en France l'aimable Deshoulieres. Et, de nos jours, les B...., les Saint-Lambert, les Dorat, les Pézé, les d'Arnaud, et cætera, ne peuvent-ils pas, avec les Gleim, les Jacobi, les Zacharie, et cætera, être appellés les Favoris de l'Amour et des Graces?

Les productions de l'un de ces Poëtes aimables suffisent pour donner le goût des Beaux-Arts, et faire détester les détracteurs de la Poësie légère. En général, elles amusent l'esprit sans le distraire; elles intéressent le coeur sans l'avilir. La volupté qu'elles répandent est aussi

pure, que le talent qui les produit est agréable.
C'est l'attrait des plaisirs innocens qui réchauffe
la verve de ces Anacréons de notre tems, lorsqu'ils chantent, sur la lyre d'Orphée, Bacchus,
l'Amour, les Graces et tous les charmes de la
société. Ce qui les caractérise ainsi que vous,
MONSIEUR, ce sont ces tours d'esprit fins
et galants, et ces leçons de tendresse qui cou-
ronnent le systême du plaisir. Leur génie, créé
par la nature, reçoit d'elle seule l'aliment qui
les nourrit. Elle leur offre les images les plus
vives et les plus riantes. Quoique les rivages
de l'Eurotas, la valée de Tempé, les bords du
Céphise, les solitudes de Daphné, les larmes
de Thémire, la ceinture de Venus, et les beaux
jours d'Adonis, ne soient plus des idées neuves,
présentées sous un nouveau jour, peintes avec
une touche délicate, ranimées par un coloris
frais, elles ont toujours droit de nous plaire.
On ne se lasse point d'admirer le même portrait, quand, à son gré, le peintre en sait di-
versifier l'attitude.   a ij

C'est d'après ce principe, *MONSIEUR*, que j'ai lu votre Ouvrage. Si l'imitation très-libre que j'en ai faite est inférieure à l'Original, c'est que les Graces et les Muses n'inspirent pas tous ceux qui les invoquent.

J'ai l'honneur d'être,

MONSIEUR,

Votre très-humble & très-obéissant serviteur,

D'USSIEUX.

LES GRACES.

LIVRE PREMIER.

'Ancienne Grece fut repeuplée par une singulière métamorphose. Les pierres s'y changèrent en hommes, et ces êtres nouveaux tinrent long-tems de la grossiéreté de leur origine.

Couverts de peaux, ils erroient au hazard
Sur les monts et dans les valées.
Loin d'employer les finesses de l'art,
Que le tems seul a dévoilées,
L'homme robuste et courageux,
Armé d'une massue,
Suivoit d'un pas audacieux,
La tigresse éperdue ;
Bravoit d'un œil impérieux
La cruelle panthere

A

Et les lions rugissans.
Il protégeoit ses enfans
Suspendus au sein de leur mere ;
Il assuroit leur repos,
Soutenoit leur foiblesse,
Et les préservoit des maux
Que, depuis ce bel âge, enfanta la molesse.

Au coucher du soleil,
Sur un lit de feuillage,
Chacun goûtoit les douceurs du sommeil.
Ils avoient tout en partage
S'ils avoient la liberté :
Et le nom d'esclavage
N'étoit pas encore inventé.

Que pensez-vous de cet état, charmante
Danaé ? Croyez-vous, avec l'Auteur de la
nouvelle Héloïse, qu'il soit le don le plus
précieux de la nature ? A la vérité, si nous
analysons les maux inconnus à ces enfans de
la terre, nous ne pouvons leur refuser une
espece de bonheur négatif.

Et si un Poëte entreprenoit de décrire
cette manière d'être, que seroit ce ? Vous
savez comment ces hommes aimables, qui

peignent à l'esprit, ornent les sujets qu'ils traitent.

> Et ravir au Poëte
> Le droit sacré d'embellir son tableau,
> C'est de la nature muette
> Eteindre le flambeau.
> Où sont, alors, ces traits de flamme,
> Qui portés à l'œil connoisseur,
> Répandent dans l'âme
> Les charmes d'une douce erreur :

O ! ma belle amie, combien de mots pour vous dire que l'âge d'or, dont parlent les Poëtes, n'est précisément, à mon avis, que le siecle où vivoient ces hommes,

> Qui, dans un état heureux,
> Sans connoître l'agriculture,
> Attendoient tout de la nature
> Et de la bonté des Dieux.

C'est ainsi que les peint Homère, en parlant des anciens habitans de la belle Sicile. Mais voulez-vous savoir comment un Poëte moderne décriroit cet âge, où les Dieux

attirés sur la terre, pour y jouir du vrai
bonheur, quittèrent sans regret leur séjour
ordinaire, et vinrent partager les plaisirs des
hommes. Notre globe s'embellit, et le ciel
fut long-tems désert. C'étoit à qui ajouteroit
le plus aux présens de la nature. Tandis que
Cérès prend soin des campagnes,

Et que Pomone embellit les vergers,
Zéphir couvre de fleurs la couche des bergers.

Les Nymphes élevoient des grottes dans
les bosquets solitaires : les Séladons venoient
de tems en tems s'y reposer. Pan protégeoit
les troupeaux, et les invitoit à se multiplier.
Le vin, nectar précieux de la terre, couloit
à grands flots le long des montagnes char-
gées de raisins : et Bacchus, soutenu de Silène, applaudissoit en riant aux plaisirs des
bergers. Qui croiroit,

Qu'alors le Dieu de la Poësie,
Sous les traits de Séladon,
Ait eu la fantasque manie

De paroître dans un valon
Conduisant les troupeaux d'un roi de Thessalie?

Apollon gagna bientôt l'amitié des bergers par son adresse à varier leurs fêtes rus-
tiques. Ils apprirent de lui des chansons, des
danses ,

Et mille petits jeux, parmi nous en usage,
Où l'on gagne un baiser en retirant un gage.

Si j'avois, belle Danaë, les pinceaux de
Téniers, ou les couleurs de Vateau, pour
vous rendre ces images, à la fois grotesques
et délicates , vous pourriez comparer le
bonheur dont jouissoient les anciens habitans de la terre.

Qui croiroit que ces *auctochthons* que nous
avons vus, couverts de peaux, étendus au
pied d'un chêne ou d'un noyer, soient les
heureux enfans de l'âge d'or , malgré leur
ressemblance aux grands singes des Indes
Orientales? Mais à quelle perfection pou-
voient-ils atteindre, avant que les Graces se

joignissent aux Muses pour leur apprendre
les Beaux Arts qui élèvent le cœur de l'homme, et sèment des fleurs sur sa carrière. Il
falloit que ces divinités influassent sur leur
esprit, pour le rafiner, et sur leur âme, pour
l'ouvrir à de plus nobles desirs.

Non, Danaë ; alors,

> Des Graces le cercle ingénu,
>   Sur les bords du Penée
> N'avoit point encore été vu :
> Cypris, même, à peine étoit née ;
>   Et son voile trop épais,
>   Et sa ceinture magique,
>   Déroboient mille attraits
>   A la nation poëtique.

» Comment ? » -- Ah ! C'est un mystère :
et j'ai à vous raconter des choses bien plus
secrettes encore.

Les Poëtes vous ont sans doute appris que
Venus donna le jour aux Graces. Ils igno-
rent quel est leur père. Mais je sais tous les
détails de cette anecdote : je les ai pris à la
source ; et vous les allez apprendre.

Lorsque Venus , regardée avec entousias-
me par les habitans du ciel et de la terre ,
monta à l'Olympe , les Dieux ne purent dé-
cider auquel d'entre eux elle appartiendroit.
Il eût été de leur prudence de laisser à la
jeune Déesse la liberté de disposer de son
cœur ; mais ils ne le firent pas , et telle est la
timidité de l'amour , qu'aucun n'osoit se
croire digne de la préférence. Ils ne vouloient pas non plus abandonner leur fortune
aux caprices du hazard. Le sort de Cypris fut
long-tems indécis ; et , peut-être le seroit-il
encore , si Momus n'eut proposé de la donner au plus laid des Dieux. On applaudit
unanimement à cette idée : Venus échut
à Vulcain. Cet hymen fut célébré avec pompe , et les Dieux y goûtèrent autant de plaisirs que s'ils eussent assisté à leurs noces par-
ticulieres.

Le bon Vulcain ! Il se flattoit. Et sur
quoi ? Sur la vertu de la Déesse de l'Amour ?

Il n'en connoissoit donc pas la fragilité.
Qu'importe? Cette confiance déplacée lui a
eté commune avec tant de mortels !

Pendant l'irrésolution des Dieux, Cypris
mit le tems à profit. Elle devint secretement
mère des Graces : écoutez comment cela
se fit.

La Déesse de l'Amour n'avoit point encore fixé sa demeure dans Amathuse. Moins
curieuse de voir, que jalouse d'être vue, elle
erroit de climats en climats. Les Zéphirs
entouroient son char, et semoient des fleurs
sur sa route. Les bains où elle se rafraîchis-
soit, n'exhaloient que des parfums.

Elle parcourut ces brillantes contrées, dé-
crites par les Poëtes Grecs et Romains: les
beaux rivages de l'Eurotas, la valée de
Tempé, l'Enna fleurie, fameuse par l'enlè-
vement de Proserpine, l'Hybla couvert d'a-
romates, Cythère, où croissent les roses, et
les solitudes de Daphné, dont l'attrait vain-

queur

queur fit oublier au Stoïque Marc-Antoine,
qu'il devoit tous ses soins au gouvernement
de ses peuples. Enfin, la jeune Venus parcourut les plus beaux pays de la terre,
et laissa par-tout des traces de sa présence.
Un printems éternel fut le signal de ses faveurs. Les plus arides contrées furent changées en jardins des Hespérides; des forêts de
mirthes, des bosquets de rosiers, offrirent
aux amans un ombrage frais. — « Aux
amans? » — Oui, belle Danaë; car ce fut
sur tout aux hommes que Cypris donna des
preuves de bienfaisance.

La Nymphe, jadis trop sévère, comble
de caresses le Satyre amoureux. Chloë n'est
plus insensible aux soupirs et aux pleurs de
son amant. Au lieu de lancer sur lui un clin
d'oeil destructeur, elle ne sort d'entre ses
bras qu'en souriant. Tithon, qu'un piquant
regard ne pouvoit plus émouvoir, s'éveille,
et retrouve le plaisir sur le sein d'Aurore.

B

Et ces prodiges, charmante Danaë, étoient dus aux faveurs de Cypris. A toutes les contrées du monde, elle préféra les campagnes agréables qui s'étendoient au pied de l'Amanus. Elles devinrent le théâtre de ses plus belles victoires. C'est là que pour la première fois elle vit le jeune Bacchus, fils de Jupiter et de la belle Sémélé. Les Hyades l'avoient élevé dans une grote de la montagne de Nyse. Fatigué de la chasse, il étoit couché sur une nate de liere, entrelacée de roses.

Ah! Danaë, si j'avois l'art de vous peindre à vous-même, je vous dirois ce qu'éprouva la Déesse de l'amour à l'aspect de Bacchus.

A peine touchoit-il au printemps de son âge,
La vigueur, la tendresse, et la malignité,
Formoient sur son visage
L'emblême de la Volupté.

Semblable à la tige délicate d'une jeune

plante, le germe du plaisir sortoit insénsi-
blement de son sein. Il étoit étendu à l'ombre d'un mirthe touffu. A demi éveillé, il
croyoit voir se réaliser les prestiges d'un
rêve enchanteur.

Le hazard ne pouvoit les surprendre dans
un plus heureux moment. — Et pourquoi la
Déesse de l'Amour, me direz-vous.... Ile
moyen de résister aux caresses de ce Dieu
charmant !

    * » Cypris étoit sensible et belle,
     » Bacchus étoit sensible et beau :
     Ce que Bacchus sentit pour elle,
     Cypris, pour lui, le sentit aussi-tôt.

Jamais elle ne fut si belle. C'étoit cette
Venus qui répandoit l'ame de l'Amour sur
tout ce que fixoient ses regards ; cette Venus
qui n'avoit point encore aimé. Un soupir s'é-
lève de son sein avec une douleur voluptueu-
se, et dit à Bacchus qu'elle l'adore.

------

* Cythere war schœn und empfindlich ;
Und Bacchus empfindlich und schœn.

Le premier soupir de Venus! Heureux l'immortel auquel il fut adressé !

N'oubliez pas, Danaë, qu'il étoit jeune, aimable et séduisant. Venus croyoit le repousser ... tout ... doucement ; et elle le serroit contre son sein.

Les Dieux ne résistent pas toujours à la nature. Bacchus et Cypris s'abandonnèrent à leur inexpérience, et aux tendres sensations dont, pour la premiere fois, ils éprouvoient le charme tout-puissant.

Rassurez-vous, belle Danaë, je supprime une douzaine de vers, quoique, peut-être, les plus heureux qui m'aient été inspirés ; et pour vous plaire, une ombre épaisse regnera sur mon tableau.

LES GRACES.

LIVRE SECOND.

L'Amour... Vous le connoissez, Danaë ?
Eh bien! l'Amour, fort jeune encore, se
perdit derniérement dans une forêt de l'Arcadie. Fatigué, il se coucha sous un rosier
sauvage, où le Sommeil le surprit.

Le sol rendu fécond par l'influence de ce
Dieu charmant, produisit, aussi-tôt, sous
lui, un tapis de fleurs odoriférantes. Sa couche ressembloit à celle de Jupiter, lorsque
Junon lui fit oublier qu'elle étoit son épouse.

L'Amour, à son réveil, se vit entouré de
trois jeunes filles d'une beauté ravissante. Au
premier coup d'oeil, on les auroit prises pour
trois copies du même original, tant elles se
ressembloient. Accoutumées à orner de bou-

quets le lit de leur prétendue mère, elles
étoient sorties vers le soir pour cueillir des
fleurs.

Ici la terre en est couverte, s'écria la plus
jeune, en courant où dormoit l'Amour.

Ah! mes sœurs, ajouta t-elle, à mi-voix,
pour ne pas éveiller le fils de Venus, ah!
que vois-je? Prêtez-moi vos yeux. Il.... je
ne sais quel nom lui donner. Il n'est point
une fille : et ses charmes embéliroient la plus
belle des Nymphes. Deux aîles dorées couvrent une partie de ses épaules d'albâtre. Oh!
qu'il doit être aimable!

Elles accourent vîte, contemplent l'Amour
avec un doux étonnement, et se disent
l'une à l'autre d'un air mystérieux : ah! ma
sœur, qu'il est beau! vois le plaisir s'exha-
ler de sa bouche vermeille! vois le sourire
aimable et la tendre innocence peints dans
ses traits .... Aglaïa, saisissons-nous de lui
avant qu'il s'éveille et nous échappe.

Jeune folle ! qu'en ferions-nous ?

Il contribueroit à nos plaisirs sans nous faire mal.

Mais, ô Diane ! s'écria la plus jeune , qu'apperçois-je ? Un arc, un carquois, des flèches dispersées dans les fleurs … Je frissonne.

> Mes sœurs, si c'étoit cet Amour,
> Dont nous a parlé notre mère,
> Nous gémirions nuit et jour
> Sur le souhait que nous venons de faire.
> On nous l'a dit : Amour est un méchant,
> Sous une flateuse apparence,
> Il ne cherche malignement
> Qu'à subjuguer l'innocence.

Non, Pasithée, répliqua Thalie, tu te trompes. L'Amour répandroit l'effroi dans nos ames ; mais cet enfant nous intéresse. Contemple ses charmes ; et rappelle toi que l'Amour est un monstre qui se nourrit du cœur des filles.

Je palpite de frayeur, repartit Pasithée. Venez, mes sœurs, et fuyons.

Chut, reprit tout bas l'enjouée Thalie ; qui ne pouvoit se résoudre à s'éloigner de l'Amour.

Il me vient une idée, leur dit Euphrosine.

> Des fleurs dont il est entouré
> Composons une forte chaîne ;
> Et quand dans nos filets nous l'aurons resserré,
> S'il est l'Amour, nous braverons sa haine.

Malgré ses efforts, nous briserons ses fleches, et il ne recouvrera la liberté qu'après nous avoir juré de se conformer à nos voeux.

Cet avis fut reçu. Elles se débarrassent de leurs guirlandes, en tressent de nouvelles, et en enveloppent les bras, les aîles et les pieds de ce Dieu, vainqueur des Dieux et des mortels. A son réveil, il se trouva captif sans pouvoir briser ses chaînes.

Les Graces cachées dans un bosquet de rosiers épioient ses mouvemens. Elles éclatent de rire, Amour les apperçoit,

et

et ne doute plus qu'elles ne lui aient joué
ce tour. Il les appelle avec le ton qu'il em-
ploie quand il veut séduire, et leur dit :

> Au nom de notre mère,
> Filles de la beauté,
> Secourez le Dieu de Cythère,
> Que, pendant son sommeil, un Faune a garoté !
> Errant dans cette solitude,
> J'ai cru, sur le gazon naissant,
> Pouvoir sans inquiétude,
> Me reposer un instant.

> Au nom de notre mère,
> Filles de la beauté,
> Secourez le Dieu de Cythère,
> Que pendant son sommeil un Faune a garoté !

L'entendez-vous, dit Aglaïa à ses soeurs?
Il se décèle lui-même. Mais, il nous supplie
avec tant de graces, ajoûta la tendre Pasithée ! Approchons-nous de lui. Il est si bien
lié qu'il ne nous peut rien faire.

Tu es donc l'Amour, lui demanda Tha-
lié, avec un sourire?

Oui, charmante Nymphe ; je suis le Dieu

G

de la tendresse, et je règne sur les plaisirs les
plus doux. Je ne le sentis jamais autant que
depuis que je vous vois.

Petit flatteur! Tu ne nous en imposeras
point. Précisément, parce que tu es l'A-
mour, tu resteras captif, ou nous ne te rendrons la liberté, qu'après avoir brisé tes
fleches.

Vous aimer est donc un crime? Eh bien?
Rompez-les, peu m'importe; pourvu que je
puisse remplir mon carquois des traits qui
partent de vos yeux.

Il prononça ces mots avec tant d'art que
les Graces hésitèrent sur ce qu'elles feroient.

S'il est l'Amour, se disoient elles, il y en
a sûrement plusieurs; car Maman ne nous di-
roit pas, sans cesse, de nous méfier de cet
enfant... Le délierons-nous?

Mais, s'il s'envole?

Le fils de Venus entendit ces dernieres pa-
roles, et répondit: belles Nymphes, con-

noissez mieux le pouvoir de vos charmes.
L'idée de vous abandonner me seroit insup-
portable ; et mes vœux se bornent à ne me
jamais séparer de vous.

Ainsi, tu veux venir avec nous, Amour ;
tu veux nous être inséparable ?

Comment pourrois-je me résoudre à vous
sacrifier, dans ce climat sauvage, aux caresses des Satyres et des Bergers, tandis qu'à
Paphos je goûterois tous les plaisirs ! Trop
belles pour appartenir à d'autres qu'à Venus,
je vous introduirai à sa Cour ; vous vivrez
près d'elle ; vous serez ses compagnes ché-
ries.

Les Graces applaudirent à cette pro-
position. Si elles dévoient juger de Paphos d'après la description que leur en faisoit
l'Amour, rien, sur la terre, ne pouvoit être
comparé au séjour de la Reine de Cythère.

» A sa voix seule, le plaisir circule dans
» nos veines. Comment est-il possible de

» résister à son langage enchanteur, à son
» sourire affable ? Affranchissons-le de ses
» liens ? »

A peine eut-il un bras libre qu'on le vit
tressaillir de joie. Mais, à quel usage croyez-
vous, belle Danaë, qu'il en consacra les premiers mouvemens ? — A embrasser sa libé-
ratrice ? — Vous l'avez deviné.

Quoi ! Déjà de la méchanceté ? lui dit
Thalie, en souriant. Eh bien ! Amour, nous
n'irons pas plus avant que tu ne nous ait juré
une entière docilité.

Ainsi, il ne me sera pas même permis de
vous donner un baiser ?

Non, lui répondit la plus jeune des Graces, le visage couvert d'une rose tendre.

> Un baiser, nous a dit Maman,
> Est d'Amour un cruel présent.
> Aussi prompt qu'un trait de flamme,
> A peine est-il donné qu'il pénètre dans l'ame.

Oui, Amour, c'est un cadeau funeste. Il

embrase les lèvres, et tombe sur le cœur. —
Elle parloit, sans doute, de ceux des Faunes
et des Bergers ; mais avec l'Amour, vous ne
courez aucun risque. Un de ses baisers ra-
nime le coeur et l'esprit. Essayez le ; et puis
vous m'en remercierez.

Si Maman nous l'assura ; à la bonne heure.

Oh ! s'écria l'Amour, d'un petit air fier
et dédaigneux, qui donnoit du piquant à ses
charmes, il faut que malgré vous je fasse votre bonheur ; et bientôt vous changerez de
sentiment.

Il pensoit qu'avec un léger effort il pourroit se mettre en liberté ; mais il lui auroit été
plus facile de briser des chaînes de diamans,
que de rompre ces guirlandes de fleurs. Quel-
les sont ces filles, se dit-il à lui-même, en les
fixant, comme s'il eût voulu pénétrer dans les
mystères de leur existence ?

» Pourquoi nous regardes-tu d'un air si
» sérieux, lui dit Aglaïa ? »

Je me demande à moi-même laquelle de vous trois j'aimerois le plus?

» Et quelle réponse te fais-tu? »

Vous avez tant d'agrément que je ne peux me refuser à vous aimer toutes les trois.

» Mais, laquelle te plaît le plus? »

Celle qui, la premiere, se laissera embrasser.

» Mes soeurs, mes soeurs, nous regette-
» rons de nous être arrétées ici. »

A quoi devoient-elles se résoudre? Le soleil étoit déjà couché. L'heure étoit venue où elles reprenoient ordinairement le chemin de leur cabane; et l'idée seule, de laisser l'Amour enchaîné dans une solitude, leur parut être une affreuse cruauté.

Viens! Amour, lui dirent-elles : nous te rendrons la liberté. Mais avant, proteste-nous que tu te conformeras à notre volonté.

Que cela? répondit Amour, avec un sourire; eh bien?

Par cette guirlande fleurie
Et les traits ravissans qui partent de vos yeux ;
Par la ceinture d'Uranie
Et les tendres desirs qu'elle fit naître aux Dieux ;
Par ces soupirs que l'aimable jeunesse
En vos timides seins tient encore enfermés,
Et qui, bientôt, pressés par la tendresse,
S'envoleront vers des coeurs enflammés ;
Par la punition d'Achante,
Et la victoire de Jason ;
Par la vitesse d'Attalante,
Et le songe d'Endymion ;
Par le jus précieux qui coule de la vigne,
Et le goût qu'eut Léda pour son amoureux Cygne ;
Par le laurier de Daphné
Et les fuseaux d'Arachné :

AMOUR PROTESTE

Que, soumis pour toujours à votre volonté ;
Il se conformera, de l'air le plus modeste,
A tout ce qu'elle aura dicté.

» Et les Graces purent ajouter foi à un
» pareil serment ? »

Oui, belle Danaë ; moi - même, j'en
suis étonné.

» Mais avez-vous oublié que vous me

» devez un tableau? Depuis long-tems vous
» m'entretenez des Graces sans me les pein-
» dre. »

J'ai donc manqué mon projet; car j'avois des-
sein de les peindre; de peindre, au moins, les
Graces naïves, les Graces encore inconnues
à elles-mêmes, ayant besoin des secours offi-
cieux de l'Amour, pour écarter le voile léger
qu'avoit jetté autour d'elles la simplicité arcadienne; et afin qu'en elles le Dieu de Cythère pût reconnoître ses soeurs. Si vous me
demandiez de tracer la forme extérieure de
leurs personnes, ce seroit exiger au-dessus
de mes talens; et avec quelques traits, mon
ami Oeser l'exprimera beaucoup mieux que
moi. Je puis vous dire seulement qu'elles
étoient vêtues avec simplicité comme toutes les jeunes filles de l'Arcadie; que leurs
compagnes s'efforçoient envain d'atteindre
la gaieté piquante et le charme inexprimable qui caractérisoient, en elles, les filles du
jeune

jeune Bacchus et de l'enjouée Cypris.

Je ne sais quel ajustement leur donna le sage Socrate, lorsque, dans sa jeunesse, il les tailla dans le marbre ; mais je puis défier le peintre qui réuniroit, même, les talens de Rubens et ceux de Boucher, de nous donner le tableau fidele des Graces dégagées de leur ceinture. .

De jeunes filles, belles, et qui respirent la volupté, ne sont point encore des Graces ; il est cependant vrai qu'elles pourroient être élevées au même rang, par la vivacité que leur communiqueroit l'imagination brillante d'un Appelle. S'il plaisoit à la nature de réunir, dans un seul homme, les sentimens du Corrège avec l'ame de Raphael et le pinceau le plus fin et le plus ardent des Pays-Bas, alors ce Phoenix pourroit suivre la carrière pour laquelle il se sentiroit né. On auroit droit d'attendre de lui, qu'il communiqueroit aux Charites cette beauté idéale dont

D

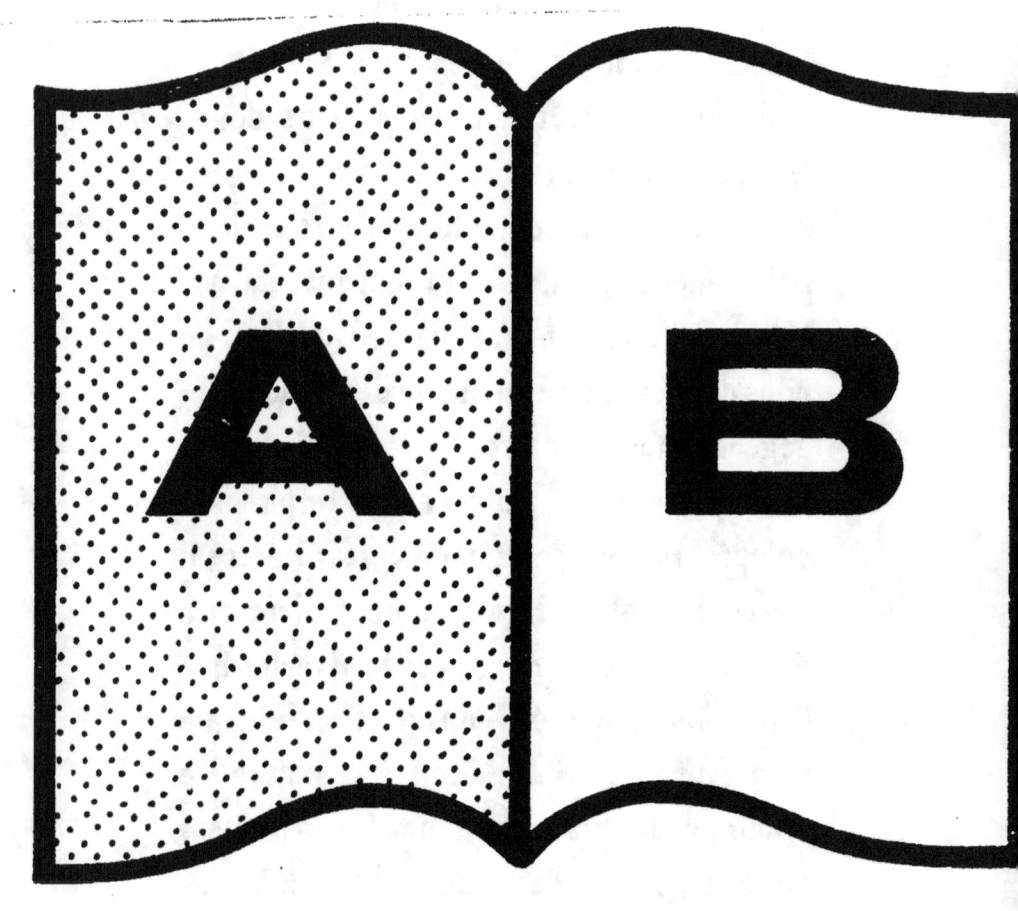

Contraste insuffisant

NF Z 43-120-14

parle Winkelmann avec enthousiasme, cet
air céleste, cette unité de forme qui frappe
comme une pensée brillante, et paroît souf-
flée par un souffle léger, ce ton caractéristi-
que, ce sourire animé, cette ame de l'agrément et du plaisir qu'on apperçoit comme à
travers un voile clair, et qui nous fait sentir
au premier coup d'oeil que nous envisageons
les Graces.

LES GRACES.

LIVRE TROISIEME.

LA liberté m'est enfin rendue, s'écria l'Amour ; et voyez quel usage j'en fais.

Il voloit des bras de l'une dans ceux de l'autre, il les combloit de si douces caresses, qu'elles ne pouvoient se dispenser de le serrer amicalement contre leur sein ; et de lui rendre tous les baisers qu'il leur donnoit sans permission. En pareille circonstance, je ne conseillerois à personne de suivre l'exemple de l'Amour. Il faut être l'Amour même, ou son protégé, pour se flatter de s'en tirer avec avantage.

Amour rassembla les guirlandes éparses ; en fit une longue chaîne, qu'il prit par l'une de

ses extrémités, en enveloppa son petit corps,
et présenta l'autre bout aux Graces, en leur
disant :

> Que cette chaîne est légère !
> Que ce moment est précieux et doux !
> Je renoncerois à Cythère
> Pour ne dépendre que de vous.

Comment vous nommerai-je ? Je voudrois
exprimer en un seul mot tout ce qui vous caractérise, vos charmes, votre douceur . . . .
Je vous appelle LES GRACES. A Gnide,
à Paphos vous serez connues sous ce nom ; et
Venus reconnoîtra qu'elle doit à vous seules
l'empire des coeurs.

Elles ne savoient pas encore apprécier leur
essence ; mais elles trouvoient de l'agrément
à ce que leur disoit l'Amour, et l'Amour
croyoit changer de nature. Il n'étoit plus
malin comme autrefois. Semblable au Ca-
meléon qui reçoit la couleur des objets
qu'il approche le plus, ses sentimens s'ou-

vrirent à l'impression que dûrent leur com-
muniquer la candeur, la délicatesse et l'innocence des Graces. Si elles n'eussent été
que des Nymphes ordinaires, il n'auroit
pas différé d'exercer sa méchanceté aux dé-
pens de leur repos. Mais il n'eut que de l'a-
mitié pour ces filles aimables qui réunissoient
ce qu'ont de divin l'innocence naïve, la bon-
té complaisante et la joyeuse sérénité. Il les
aimoit comme s'il eut pressenti qu'elles
fussent ses soeurs. Toutes les trois également
tendres, chacune avoit un degré de sensibi-
lité qui auroit donné prise à la jalousie, si le
coeur des Graces pouvoit être ouvert à cette
vile passion, tourment des mortels.

Que dirons-nous à Maman, si nous em-
menons Amour, demanda la petite Pasithée?

Après avoir rempli de roses cette corbeille, nous l'y asséierons; et quand Maman
le verra, nous lui dirons que c'est un oiseau
que nous avons attrapé dans les fleurs. Qu'en
pensez vous?

A merveille , Thalie , répondit l'Amour ;
je me rendrai léger comme un papillon , et
je me charge de l'accueil que vous doit faire
votre mère. En disant ces mots , il sauta dans
la corbeille , et les Graces l'emportèrent en
badinant.

La bergère qu'elles appelloient leur mère,
avoit été choisie par Venus pour les élever.
Elle étoit à cet âge, où le germe de la vieil-
lesse commence à se manifester sur le front.
Son berger, sans être un Séladon, *un Paſtor
fido*, ou un Daphnis de Gesner, avoit cette
innocence affable , cette candeur insinuante
qui caractérisoient les bergers que nous a
peints Théocrite. Quoiqu'il fut vieux, sa
Lycénion l'aimoit toujours.

Elle étoit assise devant sa cabane, lorsque
les Graces y arrivèrent avec leur corbeille et
l'Amour. Maman ! s'écria Thalie :

> Nous vous portons un oiseau,
>   Mais le plus beau,

Qui , de la vie ,
Ait été vu dans l'Arcadie.
Si vous l'entendiez jaser ,
Quel harmonieux langage !
Donnez-lui donc un baiser . . . .
Admirez son plumage. . . .
Oui, Maman, c'est un oiseau,
Mais le plus beau,
Qui , de la vie ,
Ait pénétré dans l'Arcadie.

O Venus ! sois nous propice ! s'écria Lycénion en regardant dans la corbeille. Quel
oiseau avez-vous là ! Mes filles , ne voyez-
vous pas que c'est l'Amour ?

Oui vraiment , c'est un Amour, lui répondit la petite Pasithée : mais le meilleur, le plus
aimable des Amours.

Ce n'est point cet Amour
Impétueux et sauvage ,
Qui n'a reçu le jour
Que pour exercer sa rage.
C'est un Amour docile et bienfaisant.
Jaloux de notre tendresse ,
Il ne connoit d'autre agrément ,
Que celui d'égayer l'innocente jeunesse.

Mes enfans, mes enfans, s'écria la nour-
rice, qui ne savoit pas que les Graces fussent
filles d'une Déesse, vous avez été trompées.
Cet enfant est aussi malin qu'il vous paroît
aimable et tendre. Semblable à la Syrène
qui, cachée sous les roseaux, n'attire les pas-
sans à l'hameçon de sa mélodie, que pour les
précipiter dans les flots, l'Amour, par son
langage séducteur, ne cherche qu'à vous attirer dans ses piéges : et si vous vous y laissez
prendre, le repentir suivra de près votre
captivité.

Maman, s'écria le fils de Venus, quel portrait tu fais de moi! Si le joug de l'hymen
t'est onéreux, faut-il que l'Amour en souffre?
... Soyons amis Lycénion... Où est Damete ? Eh! Damete, Comment trouves-tu
cette jeune bergere?

Dieux! s'écrient à la fois les deux
amans; ils se précipitent dans les bras l'un de
l'autre. Es-tu Lycénion? Es tu Damete?

Quelle

Quelle divinité bienfaisante nous a rendu notre jeunesse ? O Amour ! Nous reconnoissons ta puissance suprême ; et notre ravissement peut seul t'exprimer l'étendue de notre reconnoissance.

Que pensez-vous de la vengeance de l'Amour, belle Danaë, et de la joie que dût produire cette métamorphose inattendue ? Elle fut bientôt suivie d'un second prodige qui étonna l'Amour même. La cabane où ils étoient, se changea, tout-à-coup, en une vaste galerie. Le toît et les murs se couvrirent de myrthes, de liere, de treilles et de guirlandes de roses tressées en las d'Amour. Sur la table parurent des vases artistement sculptés, qui se remplissoient à mesure qu'on les vuidoit.

Amour reconnut la présence invisible de sa mère et celle de Bacchus, le dispensateur de la gaieté. Nouveau sujet d'étonnement. Il envisage les graces ; et il les voit... éle-

E

vées au rang des Divinités. Ce qu'elles
avoient de terrestre n'existe plus. Elles ne
font qu'effleurer la terre. Une jeunesse im-
mortelle brille dans leurs yeux ; l'embroisie
s'exhale de leurs boucles flottantes, et une
robe tissue par les Zéphirs, de la rosée qui
humecte le coeur des roses, voltige autour
d'elles.

Les Dieux nous découvrent le mystère de
votre essence, leur dit l'Amour. Mes yeux
se désillent. Embrassez-moi, Graces aimables ; vous êtes mes soeurs.

Elles l'embrassent ... Si quelqu'un peut
rendre cette scène, c'est le Poëte qui anima
la statue de Pygmalion, et qui chanta la
métamorphose de la belle Ino. Pour moi,
Danaé, je dépose ici, ma palette et mes
pinceaux.

LES GRACES.

LIVRE QUATRIEME.

LEs Bergers qui vivoient alors dans l'Arcadie, étoient beaucoup moins délicats et spirituels que les Myrtille et les Corinne de *Guarini*. Quelque prévenu que l'on soit en faveur de la poësie harmonieuse et piquante de cet Italien, on ne peut se cacher que ce mélange de la simplicité arcadienne avec la subtilité et l'élégance qu'il donne à ses Amans, ne produise sur nous le même effet que si, en un clin d'oeil, nous voyons transplantés en Arcadie ces arbres, ces charmilles taillées en pagodes qui forment dans nos jardins une décoration aussi fastueuse qu'insipide.

Dans les climats dont je vous parle, belle Danaë, la nature, dégagée des règles de

l'Art, produisoit, en se jouant, ces prodiges que le rafinement ne peut même imiter.
Noble sans pompe, simétrisée sans affecta-
tion, et simple à la fois, le charme y étoit
uni à la majesté. Sur le bord d'une prairie,
où serpentoient mille ruisseaux, un bosquet
paisible offroit aux Amans un asyle frais, et
à l'Amour, un repos nécessaire.

Cependant, ces belles régions ne sont
pas telles que nous les verrons. Ses habitans
ressemblent encore aux êtres imparfaits que
forma Prométhée d'un limon flexible, avant
que l'éteincelle sacrée, dérobée dans les
cieux, les eut, pour ainsi dire, régénérés.

D'abord une sorte d'aisance, qui sans être
le bonheur lui-même, en est le plus solide
fondement, leur donna la liberté et quelque
chose de plus que le nécessaire. Ils vivoient
en paix ; et l'idée du bien général produisit
en eux celle de la vertu et du mérite. Mais
les charmes d'une société civilisée leur

étoient inconnus. On ne voyoit chez eux
que des Bergers sauvages et de jeunes beau-
tés timides. L'Amour y étoit plutôt un besoin qu'une élévation de l'ame qui cherche
le bonheur dans le choix d'une société choisie, * s'il m'est permis d'employer l'expres-
sion de Milton. Une joie bruyante et dé-
mesurée regnoit dans leurs fêtes. Elles se
terminoient souvent, comme celles des
Thraces * *, par les effets de l'intempé-
rance, leur passion chérie. Ils ne soup-
çonnoient pas que les Mortels et même les
Dieux pûssent goûter de plaisir plus parfait
que celui de la satisfaire. Ils ne connoissoient
point ce sentiment délicat du beau et de la

---

* A nice and subtle happiness, i see,
Thou to thyself proposest in the choice
Of thy associates ---.

Par. p. L. VIII. v. 399.

* * Natis in usum lætitiæ scyphis
Pugnare, Thracum est ---.

Hor. Ode I. 27.

bienséance, cet Amour élevé qui, seul, est
digne du nom d'Amour, ce badinage dé-
cent, ce rire spirituel, et cette aimable
yvresse qui, sans noyer l'ame, la vivifie,
l'enveloppe dans l'oubli des soucis et la pré-
serve de la tristesse.

Les Muses leur avoient cependant accordé
quelques faveurs. Les habitans de l'Arcadie
étoient les meilleurs Musiciens de toute la
Grèce. Mais si les Graces et l'Amour ne
concourent avec elles, les Muses ne peuvent
porter l'homme à sa perfection.

Tel étoit l'état de l'Arcadie, lorsque les
Graces, avant que d'aller à Paphos où devoit les conduire l'Amour, voulurent laisser des traces de leur nouvelle puissance dans
ce beau pays, où s'étoit écoulée leur enfance,
dans une simplicité riante et dans l'ignorance
d'elles-mêmes.

Un vieux Roi avoit ordonné que tous les
ans, on adjugeât un prix à celui de tous les

Bergers qui seroit réputé le plus beau. Le jour de la cérémonie n'étoit pas éloigné.

Pourquoi priver nos jeunes filles de célébrer une semblable fête, dit Damete à ses compatriotes? Il me semble qu'elles y ont, pour le moins, autant de droits que nous. En effet, répondirent ceux-ci, il faut établir pour elles le même usage. La plus belle recevra une couronne de roses de la main du plus beau Berger.

Rien n'étoit plus simple que cette pensée de Damete; et, cependant, elle n'étoit venue à personne. Vous savez, Danaë, que telle est, presque toujours, l'histoire des pensées. L'Amour ne l'auroit peut-être pas eu; car ce furent les Graces qui la placèrent imperceptiblement sur ses lèvres; ce furent elles qui unirent les Arcadiens pour l'exécuter.

Cette nouvelle sembla tirer les jeunes Bergeres d'un profond assoupissement. Jusque-là, elles avoient été belles sans le savoir, leur

beauté n'avoit point encore eu d'attrait. Si
elles pl soient, c'étoit l'effet d'un visage riant,
d'une bouche vermeille, d'un front blanc et
dégagé. Elles ignoroient que de grands yeux
noirs pussent être employés à autre chose
qu'à fixer ce vaste Univers.

Enfin, leurs yeux s'ouvrirent; et l'envie
de plaire se manifesta sur tout leur être.

Chaque Bergère se cachoit seule dans des
bosquets paisibles, près des ruisseaux ombra-
gés, ou dans des grotes d'où couloient des
sources murmurantes, pour se réunir en des
bassins clairs. C'est-là qu'elles contemploient
leurs charmes, et qu'à la manière des villa-
geoises de *Hagedorne*, elles se fardoient avec
l'eau d'une source argentée; c'est-là qu'elles
essayoient de quelle manière elles placeroient
sur leur tête une couronne de roses, et qu'elles s'étudioient à cacher un défaut, pour
faire ressortir un trait de beauté.

Philis, jeune insensible, qui paroissoit
moins

moins connoître qu'aucune de ses compagnes, le desir de plaire, étoit celle qui avoit
le plus de droit au prix de la béauté. Le jeune
Daphnis, aussi beau et aussi timide que Philis étoit belle et insensible, l'aimoit avec ardeur. Il la suivoit depuis deux printems.
Mille fois il s'étoit approché d'elle pour lui
découvrir sa tendresse, et jamais il n'en avoit
eu le courage.

> Souvent par les soupirs de l'Amour désolé,
>   Daphnis vouloit peindre son esclavage ;
>   Mais que pouvoit ce mystique langage,
> Avant qu'à sa Philis la nature eut parlé.
>
>   Semblable à ce rouge frais
>   Que l'Aurore répand dans le sein d'une rose ;
>   Un léger vermillon s'allioit sur ses traits
>   Au plaisir qu'y souffloit sa bouche demi-close.

Elle fixoit un rameau où jouoient deux
tendres tourterelles, le plus bel image de
l'Amour.

Il y avoit déjà quelque tems que le jeune
Berger, caché derriere un feuillage, obser-

F

voit son Amante, lorsqu'Amour, qui volti-
geoit invisiblement à ses côtés, lui insinua
des pensées qui le surprirent. » Profite de ce
» moment. L'ardeur de ses joues, et les mou-
» vemens qui agitent son sein délicat trahis-
» sent l'émotion de son ame. Elle est prête à
» t'écouter ».

Le jeune Daphnis cède aux insinuations
de l'Amour ; mais la timidité ralentit ses pas.
Il craint de l'effrayer ; il tousse : bruit inutile.
Ensevelie dans ses pensées, la belle Philis ne
le voit ni ne l'entend.

Le fils de Venus s'impatiente. » Qu'at-
» tends-tu pour te précipiter à ses pieds ? »
Amour dit ; et, d'un léger coup d'aîle, il
transporte Daphnis aux genoux de sa maîtresse.

Elle frissonne ; elle veut fuir ; mais un bras
invisible l'arrête. Daphnis pour se plaindre,
mérite-t-il d'être haï ?

Pasithée, la plus jeune des Graces, avoit

accompagné son frère. Lorsqu'elle vit le Berger presser avec ardeur les genoux de son Amante, elle crut que c'étoit le moment de secourir son ancienne compagne. Un beau dépit brille dans les yeux de la Bergere, et prête à ses charmes un éclat nouveau. Avec la fierté de l'innocence, mais d'une main peu assurée, elle repousse Daphnis, et, tout-à-coup, son courroux se change en tendresse, en pitié. Berger trop séduisant !

Philis étoit étonnée de le trouver si beau. Comme par degrés ses yeux s'adoucissoient ! C'étoit la faute du Berger, s'il n'y lisoit pas les prémices de son bonheur.

Aucune Bergere de l'Arcadie n'avoit réuni tant de charmes ; aucun Berger n'avoit encore senti ce qu'éprouvoit Daphnis : l'Amour le plus ardent, enchaîné par le plus profond respect. Incapable d'abuser de l'aimable foiblesse de son Amante, il se croyoit au comble du bonheur, quand elle

jettoit sur lui le regard expressif de la tendresse.

Je ne vous dirai point, Danaë, que c'est
ainsi que nous aimons, lorsque l'Amour
regne sur nos coeurs, de concert avec les
Graces.

J'ose me flatter, enfin, lui dit Daphnis;
que deux années de larmes ont appaisé l'A-
mour. Philis! un espoir trompeur m'abuse-
roit-il? Dieu puissant de la tendresse! Ne
permets pas que je sorte de ce songe enchanteur!

La Bergere émue le regarde, lui serre lé-
gerement la main, et c'est sa réponse.

Mais, hélas! Philis, demain!.....—demain tu verras nos jeunes garçons assemblés.
Tous ne voudront plaire qu'à toi. Combien
ce desir leur donnera d'agrémens? Ah! Philis, alors, que deviendra ton Daphnis?

Et toi, Daphnis, tu verras toutes nos jeunes filles assemblées. Chacune se croira la

plus belle si elle te plaît ; et chacune, pour
te plaire, fera des voeux à l'Amour. Timide-
ment cachée derriere elles, je n'oserai lever
les yeux sur Daphnis. Les tiens me cherche-
ront-ils alors ? Et quand ils m'auront trou-
vée, me diront-ils que tu m'aimes encore ?

La réponse d'un Amant sur un pareil
doute est connue, belle Danaë : ainsi, je ne
m'y arrêterai point.

Ce jour craint et desiré arrive enfin. Les
jeunes et les vieux s'assemblent au pied d'une
colline qui s'élève en amphithéâtre. A travers les grands arbres dont sa cime est couverte, on apperçoit déjà les premiers rayons
du Soleil - Levant. Six vieux Arcadiens,
dont l'oeil exercé est encore assez péné-
trant, assez juste pour découvrir une beauté
comme un défaut, prennent les places desti-
nées aux Juges ; et les jeunes garçons com-
mencent la dispute par une danse qu'ils forment autour des statues d'Hyacinthe et d'Ap-

pollon. Une hymne chantée à la gloire du
Dieu de Delphes et de ses favoris, accompa-
gna cette danse, à laquelle succédèrent dif-
férens exercices propres à déployer les effets
d'une complexion saine et vigoureuse. De
petites exclamations, produites par l'aspect
d'une belle attitude, étoient les présages de
la sentence qui vacilloit sur les lèvres des
vieillards attentifs. Enfin, les voix furent re-
cueillies; et Daphnis obtint le prix. Lorsqu'on le couronna, une aimable rougeur
couvrit son visage. Et tel étoit l'amour de
la justice chez ce Peuple heureux, qu'aucun
des vaincus ne se croyoit offensé par la préférence qu'on accordoit au vainqueur.

Des cris d'allégresse firent retentir son
nom, et l'Echo le porta jusque dans cette
contrée, où les jeunes filles, sous la garde de
leur mère, et séparées des jeunes garçons,
par l'une des solitudes consacrées aux Nymphes, attendoient qu'on leur adjugeât un

prix que chacune désiroit, et qu'aucune n'espéroit mériter.

Partagées en petits groupes, elles attendoient avec timidité, et la décision de la fortune et le suffrage de leurs Amans.

Semblable à cette ombre dont les Vanloos couvrent les charmes des belles, une robe blanche et légère se mouvoit autour d'elles. Une partie de leurs cheveux étoit nouée; l'autre flottoit sur leurs épaules. A la maniere des Nymphes, leurs jupes étoient à demi retroussées; et un voile clair ne couvroit qu'une partie de leur sein.

Les Graces, revêtues selon leur ancienne coutume, afin de n'être pas reconnues, s'étoient mêlées avec les Bergères. Malgré leur précaution, l'éclat de la divinité et ce charme inexprimable qui composent leur être, attiroient sur elles les regards de leur compagnes étonnées. Vois les filles de Lycénion, se disoient-elles l'une à l'autre! Qu'elles ont d'attraits! Elles ne me parurent jamais si belles. — Le croirois-tu, Eglée ? Je te trouvois cent fois plus d'agrémens lorsque Thalie te sourioit. Pour qui nos Bergers auront-ils des yeux, si ce n'est pour elles ?

» Je le sens, disoit Philis en embrassant » Aglaïa, la Déesse de l'Amour peut, seule, » te disputer la couronne. Je ne puis te con-» templer assez : et la satisfaction que j'y » trouve n'est point troublée par le dépit » de me voir surpassée. Embrasse-moi, ten-» dre Aglaïa, et dis-moi que tu m'aimes au-» tant que je t'aime »! Aglaïa l'embrasse et jette sur elle un regard, au-devant duquel volent les Graces.

» Quel regard, s'écria la jeune Bergere » étonnée ! ... Mais, hélas! Que devien-» dra ta Philis ! — Que crains-tu, ma chère ? » — Aglaïa, je t'avouerai ma foiblesse. Ton » aspect n'inspire ni la défiance, ni la dissi-» mulation », Philis rougit, cache son visage

sur

sur le sein d'Aglaïa, et lui dit : J'aime !...

Et comment celui que tu chéris ne te chériroit-il pas à son tour ?

» Il m'aime, Aglaïa ; j'en suis assurée.
» Mais à peine t'aura-t-il vue qu'il m'oubliera.
» Il oubliera qu'il existe une Philis qu'il ai-
» moit, et dont le coeur trop sensible n'a pu
» résister à ses larmes. Et toi, Aglaïa, tu
» l'aimeras aussi. ... Il est le plus beau et le
» plus tendre des Bergers ».

Rassure-toi, Philis. Quand je serois aussi redoutable que tu veux te le persuader, dès que ton Berger nous envisagera l'une et l'au-tre, je ne lui paroîtrai qu'une beauté ordi-naire. Lorsqu'on regarde avec les yeux de l'Amour, on ne trouve beau que ce que l'on aime. — « Hélas ! Aglaïa ...

Ils viennent : ne crains rien. — Aglaïa sortit d'entre ses bras.

Le chant des hymnes, le bruit des instru-mens de musique, annoncent l'arrivée des

Bergers. Le beau Daphnis paroît couronné de roses. Tel qu'étoit Appollon lorsqu'il descendoit du Pinde, la lyre à la main, l'Amant de Philis, accompagné de la troupe brillante des jeunes garçons, descendoit le côteau qui conduisoit à la plaine, où les jeunes filles étoient assemblées.

Les pères et les mères s'assireut, deux à deux, sur une élévation qui bordoit la lice. Au milieu des jeunes garçons qui étoient debout au pied de la coline, on voyoit Daphnis entouré des trois Bergers qui avoient été jugés les plus beaux après lui ; il étoit ordonné que ceux-ci choisiroient un pareil nombre parmi les filles, et que Daphnis couronneroit celle des trois qui lui plairoit le plus.

Le Héraut fit faire silence ; et les jeunes Bergères commencèrent à danser.

Les Graces parurent-elles aussi dans le même cercle ? — Oui, Danaë. — Quel honneur pouvoient-elles retirer de ce con-

cours inégal, où elles n'avoient que de sim-
ples mortelles à surpasser ?

Vous vous trompez, Danaë. La présence
des Graces étoit plus marquée par les charmes qu'elles communiquoient, que par les
leurs propres. Moins jalouses de plaire que
de prêter de l'éclat à leurs compagnes,
tous leurs voeux se bornoient à les voir sa-
tisfaites. Chercher à plaire par des efforts
inquiets, c'est le vrai moyen de n'y pas
réussir.

L'influence secrete des Graces répandoit
sur toute l'assemblée un esprit général de
bienveillance et de gaieté. Sans jalousie,
sans desir d'être apperçue la premiere,
chacune paroissoit plus glorieuse des attraits
de sa compagne que des siens. Convenez,
Danaë, que c'étoit un prodige opéré par les
Graces.

Leur danse sembloit être l'effet d'une joie
naïve, qui animoit leurs membres délicats,

et qui introduisoit une même âme dans leurs mouvemens divers.

C'est ainsi qu'au pied du Cinthie, dansent les Nymphes autour de Diane ; c'est ainsi que dans la solitude de Delphe, Homère entendit les enfans de Latone former le plus beau concert avec les Graces et les Muses.

Les yeux enyvrés de plaisir nâgeoient dans un océan de volupté ; ils erroient de charmes en charmes.

Les Charites vouloient cacher leur divinité ; mais c'étoit en vain. Malgré leur déguisement, elles surpassoient leurs compagnes.

Lorsque les trois jeunes Bergers furent d'accord de proclamer les filles de Lycénion, chacun applaudit à leur discernement ; et de toutes les mères qui étoient présentes, il ne s'en trouva pas une seule qui ne reconnût l'équité de ce jugement. Daphnis devoit couronner la plus belle de ces trois soeurs ; mais Daphnis, irrésolu, cherche sa Philis

avec des yeux inquiets. Philis ! Elle ne s'apperçoit point du trouble de son Berger.
Elle ne désire d'être la plus belle qu'aux
yeux de son Amant. Mais peut - elle l'es-
pérer ? Les filles de Lycénion, brillantes
d'attraits, sont à ses côtés.

Daphnis avoit long-tems hésité. Tous les
regards étoient attachés sur lui ; et l'attente
flottoit sur les levres à demi-closes.

» Que vous êtes belles, soeurs aimables ,
» dit-il aux Graces ! Plus je vous vois, et
» moins vous me paroissez ressembler à des
» mortelles. Il m'est impossible de choi-
» sir entre vous. Pardonnez si l'amour
» me rend injuste » ! Alors, il chercha encore Philis ; et ses regards rencontrèrent les
siens. O ! comme l'amour et l'inquiétude
étoient peints dans ses yeux ! s'il eût été in-
déterminé, cet instant l'auroit enhardi à s'ex-
poser, pour elle , à toute la colère de Venus.

» Pardonnez-moi, s'écria-t-il, filles de

» Lycénion, et vous Bergères, dont cha-
» cune mérite d'être couronnée par l'Amour.
» J'aime ... Et comment celle que j'aime ne
» me paroîtroit-elle pas la plus belle ? — A
ces mots, il vole vers Philis, et veut poser la
couronne sur son front. Les larmes suspen-
dues dans ses yeux, changées en larmes de
joie, coulent le long de ses joues ardentes.

Non, Daphnis, lui dit-elle, c'en est trop.
Ton cœur, voilà ce que je mérite ; et c'est-
là tout ce que je desire. La couronne appar-
tient à Aglaïa.

L'attention générale étoit fixée sur cette
scène, mais bientôt elle se tourna sur un
prodige inattendu.

L'Amour parut sur un nuage doré porté
par les Zéphirs ; un parfum d'ambroisie se
répandit comme un brouillard léger ; le voile
que les Graces avoient jetté autour d'elles,
tomba ; et, semblables à des Divinités, elles
quittèrent la terre pour s'envoler vers l'A-
mour.

Un doux effroi, un ravissement subit régnèrent dans toute l'assemblée. Daphnis et son Amante se prosternèrent. Le jeune homme voulut parler ; mais Amour le prévint et lui dit : » jeune Berger, tu as justifié ma puis- » sance devant toute cette assemblée ; tu » mérites d'être heureux. Si toutes les faveurs » qu'il est au pouvoir de l'Amour et des » Graces de répandre sur des Amans, peu- » vent contribuer à votre bonheur, vous » n'avez rien à desirer …. Jeunes filles, jeu- » nes garçons, suivez les loix de l'Amour ! » — C'est en vain qu'à l'avenir vous vous dis- » puterez le prix de la beauté. Que chaque » Bergère soit satisfaite d'être la plus belle » aux yeux de son Berger ».

Amour eut à peine achevé de parler que, tout-à-coup, un bois de roses naissantes s'é- leva sous lui. Tous les Bergers y accoururent, y cueillirent des roses : et chacun en orna les cheveux de sa Bergère.

» Ecoutez-moi aussi, s'écria Aglaïa, mes
» charmantes et anciennes compagnes. Ja-
» mais les Graces ne vous abandonneront.
» Pendant les soirées de l'Eté, nous nous
» mêlerons souvent à vos danses joyeuses.
» Nous y serons invisibles à vos yeux ; mais
» vous reconnoîtrez notre présence par le
» sentiment élevé de la tendresse qui agitera
» votre sein. Notre plus grand plaisir sera de
» vous voir heureuses. Célébrez à l'avenir
» ce jour, filles de l'Arcadie ! Qu'il soit sacré
» pour vous, et que la récompense qui a été
» destinée à la plus belle, soit désormais le
» prix de la plus vertueuse » !

Elle disparut ; et les yeux ravis de l'assemblée, suivirent long-tems ses traces dans les
airs odoriférens. Par-tout où les Graces
avoient posé les pieds, il se forma des bosquets de myrthe et des cabannes de jasmin.
Dans cette contrée, qui avoit l'apparence
d'une autre Paphos, les Arcadiens élevèrent

un

un autel aux Graces. La joie, la concorde,
l'innocence et l'amitié regnèrent parmi ces
Bergers, pendant qu'ils furent sous la pro-
tection de ces divinités bienfaisantes, dont
ils célébroient la fête toutes les fois que les
roses fleurissoient.

H

LES GRACES.

LIVRE CINQUIEME.

SANS le secours des Graces, la beauté
n'est que ce qu'étoit la statue de Pigmalion
avant qu'elle eut commencé à respirer. Ce
bloc informe ne pouvoit que faire naître le
desir qu'on l'animât. Si l'on veut donner à
cela le nom d'Amour, à la bonne heure.
Mais qu'est-ce que ce sentiment, quand on
le compare à cette douceur inexprimable,
avec laquelle les Graces s'insinuent dans les
coeurs; à ces liens charmans dont elles se
servent pour attirer les âmes à elles; à cette
incompréhensible magie dont le charmant et
extravagant Pétrarque a chanté la source
après y avoir puisé? Ce n'est point la beauté

corporelle de la belle Laure qu'il a célébrée, mais ses yeux par lesquels il sembloit que l'Amour versoit à grands flots la douceur et l'agrément * ; *mais* cette pâleur attrayante, qui, à l'aspect de sa douleur, couvre son agréable sourire d'un nuage amoureux ** .... Voilà ce qui extasia le Platon des Poëtes. Il éprouva ce qu'aucun coeur humain, avant lui, n'avoit encore senti, et ce qui ne peut être compris que par le petit nombre d'âmes sensibles qui ont éprouvé quelque chose de semblable.

Lorsque l'Amour eut introduit les Graces à Paphos, elles devinrent les confidentes de Venus. Elles l'accompagnoient par-tout. Si

---

* Tanta negli ochi bei fuor di misura
  Par che Amore e dolcezza e grazia piove.

Son, 121.

**Quel vago impallidir, che'l dolce riso
  D'un amorosa nebbia ricoperse.

Son, 98.

H ij

la Déesse vouloit se rendre visible aux yeux
des Mortels, elle se ceignoit de cette ceinture fameuse, où les Graces avoient ourdi
les attraits séduisans, les desirs délicats, et
les tendres caresses, auxquelles le coeur
même des Sages ne peut résister. Avec les
Graces, Venus ne craignit point de s'expo-
ser au jugement de Pâris. Elles la soutenoient
lorsqu'Adonis la vit, pour la premiere fois,
dans ces bosquets, qui, depuis, sous le nom
de Daphné, furent consacrés aux Dieux du
Plaisir et des Beaux-Arts. A l'ombre des
roses, elle étoit appuyée contre les Graces ;
et, semblable à la violette qui s'accouple
avec les lys, elle étoit embellie par des attraits plus doux.

Les Muses gagnèrent beaucoup à la société des Graces. Le sérieux de celles-là fut
tempéré par l'agrément de celles-ci. Les
chants qu'elles inspiroient à leurs favoris
n'avoient plus pour unique objet l'assem-

blage du Chaos avec l'ancienne nuit, l'origine des Dieux et du Monde, le voyage des âmes, *et catera*. Elles regardèrent comme une occupation noble, bienfaisante et convenable à des Déesses, le soin d'embellir les plaisirs des Mortels.

Elles n'inspirent pas seulement les Orphée, les Amphion, les Sapho et les Anacréon, assis sur les roses vis-à-vis la bouteille et l'Amour; mais aussi le vieux Teïer*, qui, joyeux comme Silène, rit et badine avec les Nymphes couronnées de myrthe. Les Graces et les Muses, les cheveux flottans, le sein découvert, dansent autour de lui, au son de sa musette, et le récompensent par un baiser, après chaque chanson, parce qu'il y célébre les plaisirs et l'Amour.

La Muse même de la Philosophie, apprit des Graces le secret d'instruire et de plaire

---

*Anacréon, *Ode* 38.

tout-à-la-fois. C'est de leurs mains que les Platon, les Fontenelle et les Hume reçoivent les fleurs dont ils parsèment le sentier trop arride de la vérité. Elles protégèrent l'école de Socrate : et Socrate inspiré par elles, essaya, dans sa jeunesse, de les tailler dans le marbre. On doit présumer qu'il y réussit, puisque les Athéniens jugèrent son ouvrage digne d'être mis au rang des chef-d'oeuvres des plus grands Maîtres. Speusipe, disciple de Platon, orna de leurs statues l'Aréopage, où elles s'étoient énoncées par la bouche de son Maître. Et quel fut le mortel qu'elles chérirent plus que Xénophon ? Xénophon qui donne des leçons de Morale avec tant d'agrémens ; Xénophon aussi sublime dans ses pensées qu'il est doux et simple dans son langage.

Chez les Grecs, celui qui vouloit plaire, sacrifioit aux Graces; et il fut un tems où à Athènes, le Politique et le Guerrier avoient besoin d'être secourus par elles. Les Graces, répandues sur toutes les actions d'Alcibiade, donnoient à ses défauts un attrait, qui, dans un autre, en auroit fait des vertus.

O! Danaë, quels beaux jours s'écoulèrent depuis Périclès jusqu'à Alexandre! Tems où les Graces regnoient sur la Terre, où les Philosophes, les Artistes, les Poëtes, les Magistrats et les Prêtresses éprouvoient leur influence; où ils admiroient le ciseau de Phidias et le pinceau de Calamis; où ils savoient allier le goût au plaisir, et en trouver à tout ce qui étoit beau; tems où Platon apprit à penser, Hippias à plaire, et Laïs à sentir; où celui qui n'étoit point esclave se faisoit honneur de cultiver les Beaux-Arts; où le Philosophe égayoit les vieillards, et donnoit des leçons de prudence à la jeunesse. Age d'or! siècle heureux! où les Graces étoient encore étroitement unies aux Muses; où, sans envie, les Appelles, les Protogène, se disputoient un prix sans que ni l'un ni l'autre craignît d'avouer la supériorité de son rival ; où on travailloit plutôt pour les progrès de l'Art que pour une vaine réputation ; et où celui de tous les Mortels, qui, le premier, apperçut les Graces, dégagées de leur ceinture, sur les bords fleuris du Céphise, osa s'avouer leur peintre et leur favori. Elles soufflèrent sur ses tableaux un attrait qui ne s'effacera jamais ; et quand il peignit Cithère élevée au-dessus des vagues, elles-mêmes trempèrent ses pinceaux dans les flammes de l'Amour.

Je n'ai dessiné qu'en traits légers, belle Danaë, l'influence des Graces sur les Siences, les Arts et les moeurs, parce qu'elles abhorent un ouvrage pénible et contourné. Leur puissance s'étend au-delà de l'imagination et des plaisirs : elles regnent sur la Vertu. Les Epaminondas et les Scipions leur sacrifièrent comme les Aristipe et les Ménandre.

Ménandre. Ce sont les Graces qui donnent aux occupations, au caractère et à la vie d'un Sage cet air de facilité, cet éclat de la perfection, qui annoncent plutôt un présent de la nature qu'une production de l'Art.

LES GRACES.

LIVRE SIXIEME.

» VOus m'avez parlé de quelques secrets
» touchant les Graces. Savez-vous qu'il seroit
» très-malhonnête de votre part d'exciter la
» curiosité d'une femme, sans avoir l'inten-
» tion ou le pouvoir de la satisfaire » ?

Je ne m'exposerai point à de semblables
reproches, belle Danaë, quoique vous ayez
pris pour une promesse ce qui n'étoit fondé
que sur un peut-être.

Est-il possible que des Déesses qui réunissoient le suprême degré de la beauté, avec
la premiere fleur d'une jeunesse éternelle,
qui vivoient au sein du badinage et des plaisirs, qui n'avoient pour société que les Dieux
de l'Amour, qui devoient leur existence à

l'union de Bacchus et de Cypris ; est-il possible que les Graces qui inspiroient de l'Amour aux Dieux et aux Mortels, n'aient eu pour favoris que des Amans Platoniques?

L'état de Vierges, qui leur est communement attribué, ne les a point tout-à-fait garanties de soupçons malins. Les aventures amoureuses de Minerve, de Diane, de la belle Io, de Calisto, d'Europe et de vingt autres, ne fournissent-elles pas tous les jours aux Peintres et aux Poëtes la matière d'exercer leurs pinceaux ? Le Guide ne nous raconte-t-il pas combien il s'en fallût peu que la vénérable Vesta ne fut surprise par l'Amant le plus dangereux que puisse avoir une cruelle ? C'est en vain que l'on parcourt les Historiens secrets des Dieux pour y trouver l'origine de ces petites avantures amoureuses qui furent plus communes dans les solitudes de Paphos, de Gnide et de Cythère, que ne le sont les papillons dans nos jardins, pendant les chaleurs de l'Eté. Et lorsque je lis, dans Claudien, que les Nymphes en étoient les actrices, je ne trouve point que eela suffise pour nous autoriser à prononcer sur l'innocence des Graces. Eh ! qui pourroit rougir d'avoir donné l'être aux Amours ?

Parmi les jeunes Faunes, camarades des petits Amours, il y en avoit un qui les surpassoit tous. Il ne lui falloit que des aîles et un arc pour ressembler à Cupidon. Les Nymphes et les Graces le combloient de caresses. L'enjouée Thalie prenoit plaisir à l'instruire : tantôt elle s'amusoit à dorer sa conque, tantôt, à entrelacer des roses dans ses cheveux bouclés. Qui auroit soupçonné ce petit Faune capable de répondre à tant d'amitié, avec une sorte de réciprocité qui est cependant assez conforme à la nature d'un Faune ? ... Je ne sais comment cela se fit. Les Déesses ont des prérogatives particulières. On ne s'apperçut de rien ; mais une fort jolie petite

créature parut, tout-à-coup, dans les solitudes de Gnide. Sa forme et ses traits, accom-
pagnés d'agrémens et de légéreté, décou-
vroient son origine. Un jour que Pasithée
s'étoit endormie dans un bosquet, elle le
trouva, à son réveil, éparpillant, d'un air
tendre et familier, des roses dans son sein :
on auroit dit qu'il lui étoit allié. Des cheveux frisés bordoient son large front, et une
douce ferté brilloit dans ses yeux noirs. Sa
bouche environnée de charmes, donnoit des
soupçons sur celle qui pouvoit être sa mere ;
et les petites cornes que l'on appercevoit
dans ses boucles rappelloient à l'idée celui
qui pouvoit être son pere. Sans hésiter, Pasithée le mit sur le compte de Thalie et sur
celui du beau Faune dont je vous ai parlé.
Elle le mène vers ses soeurs ; mais aucune
d'elle ne veut savoir d'où il peut être venu.
On parieroit, leur dit Pasithée, que l'une de
nous lui est alliée de plus près qu'elle n'en veut

convenir. Il s'élève une petite querelle entre
les Graces. Leurs éclats de rire attirèrent
nombre de Nymphes et de petits Amours,
qui prirent part à cette scène. Le petit être
moitié Faune, moitié Grace, fut trouvé
charmant; mais personne ne voulut l'adop-
ter; et son origine fut un de ces mystères
que chacun connoît, et que tout le monde
feint d'ignorer.

Un jour Thalie, se croyant seule, serra
tendrement le beau Faune contre son sein.
Il n'en fallut pas davantage pour qu'une
Nayade, qui l'avoit épiée à travers les joncs,
publiât le secret de son alliance.

Vous voulez savoir, Danaé, ce que devint cet impromptu de la plus belle des Graces? Il devint le Génie de l'ironie Socrati-
que, de la satire d'Horace, et du badinage de
Lucien. Il apprit à Socrate l'art de détrui-
re, en le contrefaisant, l'orgueil des pédants
et des sophistes; il apprit à Horace celui

de tourner en ridicule les fous de Rome, et
d'en faire un objet de risée. De nos jours, le
même Génie a inspiré l'aimable Auteur de
Verd-Verd, et quelques autres.

Toutes les aventures des Graces ressemblent à celle-ci. Je me bornerai à vous en
raconter encore une : c'est celle de Pasithée
avec le Dieu du Sommeil. — Du Sommeil ?
— Oui, Danaë. Peut-être ne vous le représentez-vous pas aussi aimable que les Poëtes
et les Artistes Grecs ont coutume de le peindre : et, cependant, comme les Graces et
l'Amour, il doit être mis au nombre des
bienfaiteurs de l'humanité.

C'est dans les vapeurs magiques du Sommeil que le doux oubli des soucis arrose notre
front, c'est lui qui, chaque matin, nous rappelle
à une nouvelle existence. Par ses faveurs le
sort de l'esclave est envié de l'homme revêtu
de la pourpre. Ce Dieu bienfaisant nous dé-
dommage pendant la nuit des caprices de la

Fortune ; et lorsque la douleur siége auprès
des lits de brocard, et que Harpagon, les
yeux enfoncés, veille à la garde de son tré-
sor, il conduit la paix et le bonheur sur la
natte où repose l'indigent. L'Amour, les
paupieres appésanties, s'endort contre son
sein : et les Dieux, sans lui, ne seroient pas
heureux dans l'Olympe.

Représentez-vous le Sommeil à la fleur
de son âge, beau comme l'Amour, quand,
après ses victoires, il repose dans les bras
de Psyché ; beau comme Endymion, lorsque, au milieu de ses rêves, son Amante le
comble de caresses ; beau comme la plus
belle nuit après un jour d'été. ... Il aimoit
Pasithée, et Pasithée. .... Mais elle n'en
vouloit convenir. Pour jouir plus long-tems
de son aspect, le Dieu du Sommeil s'ense-
velissoit en plein jour au milieu des roses.
Subjugué par les charmes de sa maîtresse, il
oublia un jour de remplir son emploi. Les

Mortels

Mortels et les Dieux furent atteints d'une
insomnie générale : c'étoit en vain qu'on l'in-
voquoit. La Nature entiere s'en ressentit ;
et afin de prévenir sa destruction, on pro-
jetta de marier le Sommeil avec la belle Pasithée. La fête fut célébrée dans le plus
grand silence. Les Graces conduisirent leur
soeur à l'entrée de la grotte obscure ; et,
peu de minutes après , la Nature s'en-
dormit.

C'est au mariage du Sommeil avec la plus
jeune des Graces, que l'Univers est redeva-
ble de ces songes enchanteurs qui, le matin,
font gémir une Vestale sur l'arrivée trop
prompte du jour ; de ces songes dont l'illu-
sion trompe dans de paisibles nuits, la douleur des jeunes veuves, et enveloppe l'époux
retrouvé dans de favorables ombres. Enfin ,
Danaë, ce seront les rêves, qui, semblables à de jeunes Amours, vous conduiront
dans des grottes secrettes, pour vous sous-

K

traire aux regards des curieux. Et quand ;
au sortir du bain , l'ami d'une Nayade
agitera les rameaux dont vous serez entou-
rée, ils déploieront, sur vous, les aîles
du Cigne de Léda.

F I N.

www.ingramcontent.com/pod-product-compliance
Lightning Source LLC
Chambersburg PA
CBHW060457260626
47161CB00005B/2140